A «San Francisco»

Salvatore Di Giacomo

PERSONAGGI

Giovanni Arcietto
PEPPE Pazzia, camorrista
DON GENNARO 'o cusetore
LUIGIELLO, ragazzetto tredicenne
RAFELE 'o masterasciello
CICCIARIELLO Spina
FEDERICO 'o pittore
TOTONNO Battimelle
DON PEPPE 'o siciliano, carceriere
Tre secondini

La scena ha luogo in un camerone del carcere di San Francesco, in Napoli, intorno al 1850.

SCENA PRIMA

La tela si leva lentamente. Quando è a metà del palcoscenico s'ode una voce interna cantare malinconicamente da un altro camerone.

RAFELE e CICCIARIELLO, seduti sulle tavole di un letto, giocano a carte e fumano.

FEDERICO 'o pittore e TOTONNO seggono sulle tavole di un altro letto: il secondo stende il braccio destro denudato e il primo glie lo va tatuando con un ago e col nerofumo. Il ragazzo LUIGIELLO, accosto ad essi, osserva curiosamente l'operazione.

DON GENNARO 'o cusetore è occupato a scrivere, con la matita, de' numeri in un libriccino. Siede sulle tavole del primo letto a sinistra dello spettatore.

Steso sul suo letto, col capo poggiato sui materassi ravvoltolati, PEPPE Pazzia dorme. Sotto al suo letto è una brocca, tra un fiasco di vino e un paio di scarpe.

È sera. Tutti tacciono.

LA VOCE INTERNA

A San Francisco
mo' sona 'o risveglio,
chi dorme e chi veglia,
chi fa nfamità!...

LA VOCE INTERNA di un carceriere

Silenzio!... (e al tempo stesso s'ode un romore come di porta alla quale si batta violentemente).

PEPPE

(al romore si sveglia di soprassalto e leva la testa guardando, spaventato, intorno a sè):

Chi è?... Ch'è stato?!...

DON GENNARO

(senza levarsi, mettendo in saccoccia il libriccino dei suoi numeri)
Nu' v'appaurate, 'on PEPPEnié. Chillo è TOTONNO Sarcenella ca s'è miso a fa 'a soleta letania dint' 'o cammarone appriesso. É miezo pazzo e fa sempe chesto, 'a notte e 'o juorno.

PEPPE

(si leva dal letto irritato, nervoso e s' accosta a DON GENNARO)

Quann'è ddimane ca scennimmo 'a passiggiata int' 'o curtile, nun sia pe cumanno, me l'avite nzignà.

DON GENNARO

A chi?

PEPPE

(serio, le mani in saccoccia)
A stu TOTONNO Sarcenella.

DON GENNARO

'O vulite canoscere? (si leva. Il ragazzo passa a guardare i giocatori).

PEPPE

Lle voglio di' ca m'ha dda fa 'o favore, quanno io sto durmenno, nun ha dda cantà cchiù.

DON GENNARO

Quanno state durmenno?

PEPPE

Pricisamente.

DON GENNARO

Nun ha dda cantà?!...

PEPPE

Pricisamente.

DON GENNARO

Scusate, 'on PEPPEnie'... e chillo comm' 'o ssape? Ll'avite dà vuie ll'urario... E po'... v'aggio ditto... chillo s'è miezo scemunito...

PEPPE

Nu' ve capacita?

DON GENNARO

(appaurato)
A me?... Comme nun me capacita?... Vuie cumannate e io ve servo.

PEPPE

Datemmillo sulamente a canoscere... ca po' ce penzo io... (torna a sedere sulle tavole del suo letto).

CICCIARIELLO

Scopa!

RAFELE

Sango d' 'a morte!... N' ato asso!

CICCIARIELLO

Scopa! So' fora!

RAFELE

Aspè!... Comme si' fora?... (al ragazzo) Guaglió', fatte cchiú llà!... 'A che te si' accustato
cca bbicino nun so' stato cchiù buono 'e fa na carta!... Aíze, vattenne!

CICCIARIELLO

Vattenne!... (lo spinge, brutalmente).

LUIGIELLO

(tornando accanto a TOTONNO)
E io che ve faccio?

TOTONNO

(al ragazzo)
E ched'è? Mo sì benuto 'a chesta parte?... E bbì si ce fa fa 'o spezziale!... Ah!... Federi!...
(urlando pel dolore) Tu mme struppie!...

FEDERICO

Mo!... Aspetta... è fenuto...

PEPPE

(a DON GENNARO, levandosi)
C' 'ore saranno?

DON GENNARO

Saranno passate 'e sette e meza: mo aggio ntiso dà 'a voce a chillo d' 'e lupine... (una
pausa) 'On PEPPEnié, ve mparo na cosa. Pe ve fa capace a buie, 'o rilorgio d' 'e ccarcere
so' chille che banno vennenno p' 'a via. Abbarate bene: 'a matina, quanno sentite... (e fa
un fischio lungo e modulato).

FEDERICO

(dal suo letto, imitando la voce del caffettiere):

'O cafettiere...e...e...e...re!

DON GENNARO

Chist'è isso. 'O cafettiere!... E songo mmerz' 'e seie e nu quarto. Cchiù tarde passa chillo cu 'e pizze: «C' 'o fungetiello e 'alice!» (imita la voce e la cadenza). E songo l'otto. Mmerze l'unnece, nu poco cchiù nu poco meno... «Cumme volle 'a patana, cumme volle!» (c. s.)E a n'ato ppucurillo, sotto meziuorno... «Pe chi tene appetito e ha faticato... 'a marenna!...»

TOTONNO e FEDERICO

(dal loro letto, a distesa e forte)
«'A marenna!...»

PEPPE

E bravo! Diceno buono ccà dinto ca vuie site n'ommo assignato e priciso.

DON GENNARO

È buntà vosta. Contro 'e merete mieie cca mme vonno bene tutte quante.

PEPPE

Venite cca, assettateve. (siede sul letto e DON GENNARO siede anch'egli sulle stesse tavole) Tenite pe fumà?

DON GENNARO

'A pippa 'a tengo... (la cava).

PEPPE

Ah, be'... (si fruga).

DON GENNARO

Ma è bacante...

PEPPE

'O tabacco v' 'o desse semp'io... Favorite, (gli dà tabacco da una borsetta).

DON GENNARO

E io ve ringrazio.

(Pausa. PEPPE carica la sua pipa: l'altro la sua).

PEPPE

(pensoso)
Diciteme na cosa...

DON GENNARO

(seguitando a caricar la pipa)
Dicite.

PEPPE

Sapisseve... riscifrà... comme si fosse nu suonno ca mm'aggio fatto?

DON GENNARO

Eh!... mo vedimmo... (cava un fiammifero) Na vota 'a smorfia e ciert'ate libbre 'e cunziquenza 'e tenevo ccà dinto... (col fornello della pipetta si tocca in fronte). Ma mo... nu poco 'e guaie, nu poco l'aità, nu poco... Basta, jate dicenno...

CICCIARIELLO

(a RAFELE, gridando)
E mò tuorne a cuntà comme vuo' tu!...

RAFELE

So' tre punte o no?!...

CICCIARIELLO

(urlando più forte)
So' ddì punte!

PEPPE

(si volta, minaccioso)
Nu poco 'e silenzio! (i giocatori tacciono; PEPPE si rivolta a DON GENNARO) Dunque... pe ve fa capace a buie... io stevo comme si fosse int'a na cantina 'a Sanità...

DON GENNARO

(accende il fiammifero)
Be'...

PEPPE

Stevo io e nn'ati quatto o cinche cumpagne d' 'e mieie... e ghiucavemo 'o tuocco...

DON GENNARO

Be'... (accende la pipa e fuma).

PEPPE

Quanto... tutte nzieme... mme pare comme si fosse c' 'o peretto d' 'o vino se fosse rutto...

DON GENNARO

Scasuarmente?

PEPPE

Accussì mme pare... (cerca di ricordarsi)... Già... scasuarmente... Basta, nun è stato peretto rutto c'aggio visto scorrere 'o vino ncopp' 'a tavula comme si se fosse scatasciata na votta. Io dicevo: Ma ched'è, chesto scorre sempe? E tutto stu vino 'a do' esce?... E chello scurreva, scorreva e ghingheva tutt' 'a cantina... e se faceva cchiù notte, e se stutaveno 'e lume a uno a uno... 'E cumpagne mieie... nun 'e bedevo cchiù... mme sentevo nfonnere 'e piede... 'e gamme... tutt' 'o cuorpo... e 'o vino... scurreva, scurreva sempe... e mm' arrivava m' pietto... (agitato, quasi tremante) Io... vulevo chiammà int' 'o scuro e... nun putevo chiammà... 'a voce mme veneva meno... mme mancava 'o sciato... e... chellu vino saglieva, saglieva... m' arrivava 'nganna, me sentevo affucà... (si leva, emozionato, con le mani alla gola, gli occhi stralunati. TOTONNO s'accosta e interroga con gli occhi DON GENNARO. LUIGIELLO, a bocca aperta, impiedi, ascolta anch'egli con molta attenzione).

DON GENNARO

Chiano chiano... Accarmateve...

PEPPE

(dopo un silenzio)
Tuccateme nu poco sta mano... (gli stende la destra, tremante).

DON GENNARO

(tastando quella mano)
Avite raggione. Ve site fatto friddo... (a TOTONNO, voltandosi) Tutt'affetto 'e neveratura... (Pausa. PEPPE si passa la mano sulla fronte). Venimmo a nuie... Assettateve... (PEPPE siede). Sti cumpagne vuoste ca steveno cu buie int' 'a cantina...

PEPPE

Scumparettero...

DON GENNARO

Nu mumento... Dico accussì: v'allicurdate buono quant'erano?

PEPPE

V' 'aggio ditto... quatto o cinche...

DON GENNARO

Nu mumento. Pricisate buono... Quatto? O cinco? Vedite... Ricurdateve...

PEPPE

(cercando di risovvenirsi)
Aspettate... mme pare... cinco... Sì... cinco.

DON GENNARO

Va bene, (come parlando a se stesso, e a voce alta). Cinco... 'A mano... E... diciteme
n'ata cosa...

PEPPE

Dicite...

DON GENNARO

Steveno a mmano deritta o a mmano mancina d' 'a tavula?

PEPPE

(indica a destra)
Steveno 'a ccà...

DON GENNARO

A mmano deritta... Va bene,... sissignore... E vuie ve sentiveve stregnere nganna?...

PEPPE

E pecchesto mme so' scetato una botta e mme so' menato d' 'o lietto...

DON GENNARO

Mo'... Va bene... Ho capito tutto... Cinco... 'a mano deritta... na mano c'afferra... (si leva,
lentamente).

PEPPE

(emozionato)
E... tutto stu vino?

DON GENNARO

Russo... Vino russo... ovè?...

PEPPE

(accenna di sì col capo)

DON GENNARO

Stu vino russo... ca scurreva...

PEPPE

(turbato)
Mbè?...

DON GENNARO

(diventato serio, gli prende la mano, gli si accosta quasi faccia a faccia e gli dice sottovoce)
Vo' di'... sango, 'on PEPPEnié!
(Si scosta. LUIGIELLO gli ha dato una strappata alla giacca).

PEPPE

Comme?... (turbatissimo) Sentite!...

RAFELE

(che in questo ha guardato per lo spioncino)
A posto!... A posto!...

SCENA SECONDA

Tre secondini e detti

La porta s'apre con un romore di chiavistelli. Entrano i tre secondini. I carcerati si sberrettano, si allineano davanti ai letti come in atteggiamento militare e rimangono muti. Il tatuato TOTONNO se ne sta con le braccia sul dosso: RAFELE ha nascosto le carte. PEPPE, impiedi anche lui, rimane pensoso, con gli occhi a terra. La porta si richiude.

Il 1° secondino va al muro e lascia scendere in mezzo alla camera la lanterna: rimane accosto al muro per tirarla su quando sarà accesa.

Il 2° secondino accanto al 3° secondino aspetta che la lanterna discenda. Scesa che è il 2° secondino si fruga in saccoccia.

2° SECONDINO

(voltandosi attorno, ironico)
Pe cumbinazione... nisciuno 'e vuie tene nu fiammifero?

DON GENNARO

(premuroso)
Pronte 'e fiammifere! (li porge al 2° secondino che accende la lanterna) 'On Errì!...
Vogliamoci bene!...

2° SECONDINO

Eh! E bedimmece spisso!... (al 3° secondino) Nun tuculià! (accende la lanterna).

3° SECONDINO

Io nun me sto muvenno. (al 1° secondino) Tira ncoppa.
(La lanterna accesa risale e si ferma. Il 1° secondino annoda la fune a un chiodo. Poi
comincia a battere con un ferro sulle inferriate della finestra e s'indugia a guardare per
essa nella via)

2° SECONDINO

(al 1° secondino)
Espò?... E che se dice?... Ce vulimmo sta ccà?...

1° SECONDINO

(scendendo dal suo sgabelletto)
Stevo guardanno int' 'a cantina 'e DON Vicienzo. Illuminazione a grand'imprese e
sunature preparate...
(PEPPE presta attenzione)

2° SECONDINO

Sarrà figliata 'a mugliera.

1° SECONDINO

'On Errì, ce sta nu piezzo 'e lignammo d' 'a gelosia, ca se n'è caduto...

2° SECONDINO

Ne parlammo a ghiuorno. (al 3° secondino che va facendo la rivista sotto i letti)
Nuvità?...

3° SECONDINO

Zero.

(I secondini s'avviano alla porta)

DON GENNARO

(al 2° secondino)

'On Errì... (il 2° secondino si ferma e si volta) Quanto ve sottometto na prighiera...

2° SECONDINO

Che te manca?

DON GENNARO

Vedite... 'on Errì... Chiste 'e cumpagne mieie nun se vonno fa 'o mal'anemo e abbóccheno tutto cosa n'cuoll'a me...

2° SECONDINO

(burbero e impaziente)
Jammo! Nun me fa perdere tiempo!...

DON GENNARO

'On Errì, ccà simmo sette indivirule e tenimmo se' liette.

2° SECONDINO

E che buo'?

DON GENNARO

Comme, che boglio?...

2° SECONDINO

Quante site?

DON GENNARO

Sette cape.

2º SECONDINO

E a n'ato ppoco ne vene n'ata e site otto.

RAFELE

Salute! (ai compagni) Signori mieie, avite ntiso? Mo vene n'ato passaggiero!

2º SECONDINO

(al 1º secondino)
Jammo, Espo'!... (si avviano).

RAFELE

Nu mumento!... Ma comm'è?... Chesto nu' sta bene!...

FEDERICO

Ma comme se ntenne? Ce cuccammo a dduie a dduie?

TOTONNO

Io mme metto a rapporto!

FEDERICO

E che ne cacce? Chisse non te risponneno manco!

RAFELE

Fanno chello che bonno lloro!

CICCIARIELLO

Chesto nu' sta bene!

RAFELE

E contro 'o revulamento!

TOTONNO

È na schifezza!

FEDERICO

Nce avimmo fa sentì! Signori mieie...

TOTONNO

A rapporto! A rapporto!

RAFELE

Nun 'o vulimmo!

FEDERICO

Nun ha dda trasì!... (Vocìo, romore alto e confuso di voci che protestano).

2° SECONDINO

(gridando anche lui)

Gue'!... Oh!... E ched'è 'o fatto?!... Quaccuno 'e vuie vulesse scennere abbascio 'e ssigrete?... (minaccioso. Silenzio profondo) 'O carcere è chisto e nun c'è che fa! Pe stanotte arrangiateve. Quann'è dimane chi nun è cuntento se mettesse a rapporto, (a' suoi compagni che hanno riaperta la porta). Avanti! (escono. La porta si richiude col solito romore).

SCENA TERZA

All'uscita dei secondini i carcerati si raggruppano tutti sul davanti della scena. Un silenzio.

RAFELE

Avite ntiso?... Che bulimmo fa?

FEDERICO

E c'avimmo fa? Ccà si fossemo tutte uno amorcunzente ce saparriamo revulà 'e n'ata manera. Che buo' fa?... Ce vo' 'a sciurdezza.

TOTONNO

Pe cunto mio mme dichiaro 'a mo. Fosse pure Tore 'e Criscienzo ha dda fa festa! Int' 'o lietto mio nun' 'o voglio! (guardandosi il braccio denudato) Caspeta!... Federì... chisto m'abbruscia ancora!...

DON GENNARO

E che tiene ncopp' 'o vraccio?

FEDERICO

'On Gennà, ll'avimmo fatto nu risignetto. Senz'offesa ccà stanno 'e maste d' 'e pugneture!

TOTONNO

E over'è... (a DON GENNARO) Liggite. (Tutti osservano, meno PEPPE che se ne sta in disparte e fuma).

DON GENNARO

(a cui TOTONNO presenta il braccio, leggendo)
«La ronna è ingannatricio.» Bravo! E stu pugnale che bene a di'?

FEDERICO

La surisfazione per riflesso della vendetta!

DON GENNARO

Bravo! (Che bella rocchia 'e galantuommene ca sta ccà dinto!) (al ragazzo che mangia del pane) Guaglió, mo te ne faie n'ato ppoco?

LUIGIELLO

Io tengo famma!

DON GENNARO

E te si' mmiso n'ata vota ncopp' 'o lietto mio?

(gli si accosta).

RAFELE

(avvicinandosi a PEPPE, rimasto seduto sul letto)

'On PEPPEnié, che se dice? Ve veco 'e malumore...

PEPPE

Niente... Comme si' asciuto?

RAFELE

Aggio perzo... Avite ntiso 'o secundino?

PEPPE

Aggio ntiso. Dice ca mo ce n'allogge a n'ato.

RAFELE

E addo' 'o mettimmo?...

DON GENNARO

(al ragazzo)

Posa ccà!

LUIGIELLO

(piagnucoloso)

Io ll'aggio truvato!

DON GENNARO

Posa ccà! Mo te ceco n'uocchio! (RAFELE si accosta ad essi) S' ha stupetiato 'o muccaturo mio 'a miez' 'e matarazze...
RAFELE

(al ragazzo)

Posa! Miette ccà!... (s'impadronisce del fazzoletto) Mo vedimmo qua vota te faccio scennere abbascio 'a nfermaria!

DON GENNARO

(a LUIGIELLO)

Ma comme te pare? Vaie p' 'a ratta pure ccà dinto?

RAFELE

(al ragazzo)

Pe sta vota t' 'a passo liscia. N'ata vota te faccio nu mierco! (mette il fazzoletto in saccoccia).

DON GENNARO

'On Rafilú'...

RAFELE

(al ragazzo)

Essì! Ccà 'e guagliune ce mancaveno! Te si' mmiso a fa 'o palatino pure ccà dinto!...

DON GENNARO

'On Rafè...

RAFELE

(a LUIGIELLO, minaccioso)
Aíze sti scorze 'a terra! (gli tira un calcio).

DON GENNARO

'On Rafè... Per semplice ricordo...

RAFELE

Va bene', 'on Gennà, aggio capito... Comme se dice? Chi ringrazia esce r'obbligo... A rimettere!...

DON GENNARO

Ma... vedete... io...

RAFELE

(gli batte sulla spalla, con aria di protezione)
A rimettere.

DON GENNARO

(Sepultus est).
(S'ode di fuori un fischio prolungato)

PEPPE

(sorpreso, s'alza)
Nu poco 'e silenzio!... (Tutti tacciono. Si ode un secondo fischio. Tra sè, sorpreso)
Nunziata!... E che sarrà?

RAFELE

(accostandosi a lui)
Che d'è neh, 'on PEPPEnié?

PEPPE

(pensoso)
A chest'ora?... Totò?...

TOTONNO

Sto ccà.

PEPPE

Vuo' dà n' uocchio 'a porta?

TOTONNO

Pronto.

PEPPE

E si vide venì a quaccheduno...

TOTONNO

Nu sternuto. Nun ce penzate (va allo spioncino).

RAFELE

(a PEPPE)
Che se dice?

PEPPE

(traendolo da parte)
È Nunziata ca m' ha fatto siscà... Certo m'ha dda di' quacche cosa... (porge uno scannetto a RAFELE) Saglie... guarde mmiez' 'a strata... (RAFELE sale sullo scannetto e guarda dalla gelosia) Nce affiure?

RAFELE

Nun beco niente... Aspettate... llà... rimpetto... dint' 'a cantina 'e DON Vicienzo...
(Musica di chitarre e mandolini dalla strada: accordi che preceDONo la canzone. La musica seguita sempre durante il dialogo sulla scena).

PEPPE

(emozionato, a RAFELE)
Chi ce sta?...

RAFELE

'A nnammurata vosta... cu Gennarino «'o pastore» e cierti sunature...

TOTONNO

(dalla porta)
Eccì! (si scosta dalla porta).

PEPPE

Scínne! (a RAFELE, che scende. I carcerati tornano per un momento accanto ai loro letti).

2º SECONDINO

(da fuori, parlando per lo spioncino)
Battimelle!

TOTONNO

Presente!

2º SECONDINO

Dimane scendete a parlatorio... Viene il vostro avvocato.

TOTONNO

Sissignore. (il secondino s'allontana) È passato... (guardando per lo spioncino) Se n'è gghiuto...

PEPPE

(a TOTONNO)
Nun te movere 'a lloco. (sale allo scanno e fischia).

DON GENNARO

(Rumores fugge!) (s'acconcia il letto e vi si stende sopra).
(Una voce femminile canta, difuori)

LA VOCE, sulla musica

Ajemmè, che pena ca tengo a stu core!
Sta int' 'e cancelle il mio beno nzerrato!
So' binte juorne ca sta carcerato!
So' binte juorne ca stongo a penà!

PEPPE

(a TOTONNO)
Tu tiene mente?

TOTONNO

Nun mme movo.

LA VOCE FEMMINILE

Luntanamente sta voce e stu canto
A chi mme sente paresse lamiento!
T'arraccumanno, guaglio' statt'attiento!
C'appriparato nu schianto te sta!

PEPPE

(a RAFELE)
Che ddice?

RAFELE

Mme pare comme si fosse n'avvertimento.
Una rauca voce maschile
Amice belle!
Se salutano 'e giuvene annurate
'e sti cancelle!...

PEPPE

(a RAFELE)
Saluta! (RAFELE fischia).

LA VOCE MASCHILE

Anelle, anelle!
So' servitore 'e st'ommo affezziunato
ca mm'ha siscato!
Bonanotte 'e signure 'e sti cancelle!...
(Una distesa: la musica s'allontana, muore a poco a poco. Pausa. TOTONNO si scosta
dalla porta).

DON GENNARO

('E signure... ca simmo nuie!)

PEPPE

(a RAFELE)
Si te rico ca nun aggio capito niente nun te rico buscia...

RAFELE

A me mme pare n'avvertimento... Nisciuno ve vo' male?

PEPPE

(pensoso)
E che saccio? (siede sulle tavole del suo letto. A RAFELE che s'accosta al suo) Che
faie? Te cucche?

RAFELE

Tengo nu poco 'e relore 'e capo... (rassetta il letto).

FEDERICO

(dal fondo, presso al suo letto)
Neh, chi s' 'a pigliata 'a pippa mia?

TOTONNO

Sta sotto 'o lietto. (accostandosi a DON GENNARO che scrive in un libretto, col lapis,
seduto sul letto) 'On Gennà, qua è 'o nummero?

DON GENNARO

'O quarantuno a morte. Si mme riesceno cierte revulette ca sto facenno, te voglio fa
vedé io chi è DON GENNARO. Tiene mente ccà: 'a semmana passata fiura 'e sette su
tutta la linea... (restano a parlare sottovoce e a guardare nel libro).

PEPPE

(pensoso)
N'avvertimento?... E che po' essere?...

FEDERICO

A posto! A posto!...

SCENA QUARTA

DON GIOVANNI, DON PEPPE «'o siciliano» il 3° secondino e detti
Aperta la porta DON PEPPE spinge dentro DON GIOVANNI. I carcerati si allineano,
squadrando quest'ultimo con sospetto e curiosità.

DON PEPPE

(sulla soglia, a DON GIOVANNI)
Trasiti, DON.... cumme vi chiamati. Truvativi u puosto, spugghiativi e curcativi.

DON GIOVANNI

Mme dispiace 'e v'incumudà. Aggio lassato 'a mappetella abbascio, ncopp'a nu scanno...
(Al suono della sua voce PEPPE Pazzia si volta, sorpreso: DON GIOVANNI gli volge
le spalle)

DON PEPPE

Bravu! Bonu cuminciamo!

DON GIOVANNI

Ve cerco scusa...
(PEPPE Pazzia s'alza)

DON PEPPE

E iu uora vi servu. Uora 'a vai a pigghiu. (esce)
(DON GIOVANNI guarda la porta che si chiude, poi si volta e si trova faccia a faccia
con PEPPE Pazzia)

DON GIOVANNI

(sbalordito)
Tu!...

PEPPE

(non meno sorpreso)
Vuie! Don Giuvà!...

DON GIOVANNI

Tu'... cca' dinto!... PEPPE Pazzia!...

PEPPE

'On Giuvanne!... Vuie mmiez'a nuie!...
(Un silenzio, durante il quale i due si guardano come non credendo a se stessi. DON
GIOVANNI è al colmo dell'emozione, ma cerca padroneggiarsi).

DON GIOVANNI

'E visto?... So' benuto int' 'a cummertazione!
PEPPE

C'avite fatto?!...

23

DON GIOVANNI

C'aggio... fatto?... (lo guarda come se gli volesse leggere dentro nell'anima. Lo sforzo ch'egli fa per parere indifferente è chiaro) Pò' t' 'o ddico... E tu?...

PEPPE

(spallucciando)
M'hanno pigliato pe suspetto... pe causa 'e nu richiaramento... Assettateve... (trae nel mezzo della scena una scranna. DON GIOVANNI siede, come spossato) Signori mieie! (i carcerati si fanno avanti) Pe revula vosta e cu rispetto 'e tutta 'a cummertazione, v'appresento st'amico d' 'o mio.
(DON GIOVANNI si alza e si toglie il berretto e saluta. Tutti si sberrettano).

RAFELE

(sberrettandosi)
Pe parte 'e tuttu quante se saluta cu duvere.

PEPPE

É n' ommo ca se mmereta tutte 'e riguarde pussibbele e avite fa comme si fosse i' stesso. (DON GIOVANNI ascolta, sorridendo, ironico) Ntennimmece buono: stu signore nun pava uoglio p' 'a lampa, se po' scegliere 'o pizzo che bo', e si vo' rialà a quaccheduno riala schittamente a chi lle fa 'o lietto. Ce sta nisciuno c'ha dda fa usservazione?

RAFELE

(si fa avanti, solenne)
Sta mmordo bene.
(Ciascuno torna al suo letto)

PEPPE

Dunque... 'On Giuva', ccà state int' 'a casa vosta.

DON GENNARO

(E ha fatto stu bello quatto 'e maggio!)

DON GIOVANNI

(a PEPPE)
Ve ringrazio... E mo?...

PEPPE

Mo?... Nn' 'o bberite? Ce cuccammo. Tenite suonno?

DON GIOVANNI

Niente.

PEPPE

Embè... si vulite viglià, vigliammo. Aggio durmuto fino a mo e nun tengo suonno manco io. Si premmettete ve faccio cumpagnia.

DON GIOVANNI

E... 'o carceriere?

PEPPE

È amico. (strizzando l'occhio) Mo che bene a purtà 'a mappatella lle mmuccammo quaccosa 'e renare e stammo cchiù sicure. Nu' se' carrì, chest'è tutto...

DON GIOVANNI

(lacera la fodera della giacca e ne cava denaro)
Chest'è 'a muneta.

PEPPE

Vedite... è na murtificazione!... Sta muneta l'avesse cacià semp'io... Ma... comme se dice...

DON GENNARO

(A rimettere).

PEPPE

Quanno ascimmo a' llibertà...

TOTONNO

(dalla porta)
Sta venenno 'on PEPPE.

PEPPE

(a DON GIOVANNI)
Quartiateve 'a chella parte.

SCENA QUINTA

DON PEPPE e detti

DON PEPPE

(a DON GIOVANNI, brusco)
A vui!... Favuriti... chista è 'a mappatedda. (glie la getta sul letto).

PEPPE

DON Pe', na parola. (lo trae da parte: i carcerati si fanno in fondo alla scena) Ce sta st'amico mio... (indica con l'occhio DON GIOVANNI).

DON PEPPE

(grave)
Be'.

PEPPE

Mo è trasuto...

DON PEPPE

'U saccio.

PEPPE

Nun tene suonno.

DON PEPPE

E c'aiu a fari?

PEPPE

(sottovoce)
Si premmettete... veglia... rummane vestuto...

DON PEPPE

C'ha dda vigghiari! S'ava a curcari! L'amico... mo' è trasuto... nun tene suonno... Ma che mme cunti? Tu a chi vuo' fari ncuitari?

PEPPE

E sentite...

DON PEPPE

Se jssi a curcari! Ccà nu' sta 'a casa suia e particularità 'un si nni fannu! (fa per andarsene).

PEPPE

(più piano)
Ce steva nu se' carrì...

DON PEPPE

(voltandosi)
C'hai dittu?

PEPPE

Aggio ditto... ce steva nu se' carrì nuovo nuovo...

DON PEPPE

Nn'arzari 'a voci! (si guarda intorno. I carcerati hanno compreso e fingono di occuparsi a cose loro, guardando sott'occhi) Vuoi mi pigghiano pe chiddu ca nun sugno? (sottovoce) Dammi. (PEPPE gli dà il denaro) Picciuotti, 'a santanotti a tutti! (esce).

TUTTI

(sberrettandosi)
Santanotte.

SCENA SESTA

DON GIOVANNI apre la «mappatella» e ne cava un fazzoletto, qualche sigaro, un paio di ciabatte che mette a terra sotto un letto. I carcerati cominciano a buttarsi sui letti. PEPPE rifà il suo.

LUIGIELLO

(canta, lamentoso)
Aggio fatto n'ato penziero:
arrubbanno nun voglio ì cchiù!
Vaco sempe carcerato,
e 'a casa 'e mamma nn' 'a veco cchiù!...

RAFELE

(dal suo letto)
Totò, aiuteme a fa stu lietto!

TOTONNO

(che si va spogliando)
Nun te pozzo servì. M'abbruscia 'o vraccio.
L'orologio del carcere suona le ore. Una voce lontana, nel silenzio: «All'erta sentinella!»
Un'altra voce: «All'erta sto!» e quindi, fioche, due altre: «All'erta sto!».

DON GIOVANNI

(è rimasto in piedi sul davanti della scena. Ha cavato un sigaro e fa per spezzarlo.
PEPPE vede l'atto. Fa segno a DON GIOVANNI di sostare. Ficca la mano nel suo
materasso, ne cava un coltello corto e glielo porge. DON GIOVANNI, macchinalmente,
prende l'arma. Gli balena poi in volto come un pensiero improvviso. Egli guarda il
coltello e sorride, feroce. Taglia il sigaro e nasconde il coltello nella manica, poi offre
metà del sigaro a PEPPE che gli si è ravvicinato).

PEPPE

(sedendo sulla scranna)
Dunque?!...

DON GIOVANNI

Dunque.... (siede). Aggio fatto 'o guaio, nun c'è che fa!... (pausa) Tu mo vuo' sapé
pecché sto ccà dinto... È naturale... (pausa) Siente... io avarria stà ccà dinto 'a paricchio
tiempo!... Sì!... È n'anno, quase, c' 'a vita mia s'è perduta, è fenuta, è addeventata nu
martirio! È n'anno ca nun trovo cchiù arriccietto!... Ca mme so' cagnato! E 'a
chill'ommo buono e faticatore ch'ero primma, mme so fatto 'o primmo scellarato nfamo!

PEPPE

(sorpreso e commosso)
'On Giuvà!... Ma comm'è pussibbele?...

DON GIOVANN

(amaramente)
È pussibbele... Tant'è vvero ca sto' ccà e... mm' 'o mmereto... Sulamente... (sorride,
ironico) mmiez' a tanta guaie ca m'hanno berzagliato, una furtuna aggio avuta!... Aggio
avuto 'a furtuna 'e truvà a te ccà dinto... (gli prende la mano quasi come
amichevolmente).

PEPPE

(sorpreso e lusingato)
A me?

DON GIOVANNI

Embè?... Nun sì nu buono amico d' 'o mio?... Nun ce canuscimmo 'a tanto tiempo?...
(non gli lascia la mano).

PEPPE

Chest'è certo... n'amico fedele...

DON GIOVANNI

(sorridendo)
E pecchesto... mme te pozzo cunfidà... E mme puo' dà pure nu buono cunziglio...
(sempre con la mano di lui stretta nella sua).

PEPPE

Certamente...

DON GIOVANNI

(guardandolo in faccia)
Tu triemme?...

PEPPE

Io?... (emozionatissimo) No...

DON GIOVANNI

Dunque... Saie c'aggio fatto? (gli lascia la mano e si leva. PEPPE resta seduto,
guardandolo, interrogandolo con gli occhi spaventati) Muglierema mm'aveva affeso
ncopp'a ll'onore, e io mme so' fatto giustizia...

PEPPE
(palpitante)
'Onna Ndriana?!...

DON GIOVANNI

(solenne)
L'aggio accisa.
(PEPPE si leva di scatto. I carcerati scenDONo pian piano da' loro letti e s'accostano,
intenti).

PEPPE

Ndriana!... Accisa!... E... quanno?...

DON GIOVANNI

Aieressera... E ched'è?... Tanto te fa mpressione?...

PEPPE

(con un grido rauco)
Uh! Dio! Dio!... (tremante, balbettante, barcollante) 'On Giuvà!... (lo guarda, con terrore).

DON GIOVANNI

Siente... Assèttate... (lo costringe a sedere sulla scranna ove siede anche lui). Eveno se' mise ca s' 'a ntenneva cu nu mio signore... Mme l'ha cunfessato essa stessa, all'urdemo mumento... Tu siente?...

PEPPE

Sì... sento... (sfinito, appena puo' parlare).

DON GIOVANNI

(con voce rotta)

E mo... ch'è morta... siente... mme fa quase piatà... Fuie ngannata essa pure!... (sottovoce, a faccia a faccia) Stu mio signore s'era già miso cu n'ata!... E l'antico nnammurato 'e chest'ata femmena... ch'è na certa Nunziata... m'ha ditto tutto cosa...

PEPPE

(scattando)
Ah!... Scellarato!...

DON GIOVANNI

E pecché? C' 'o canusce?...

PEPPE

No... Nun 'o canosco... nun saccio niente... (vorrebbe alzarsi: si fruga. Ricorda d'aver dato il coltello a DON GIOVANNI e comprende. Fa ancora per levarsi: DON GIOVANNI lo trattiene. L'attenzione dei carcerati cresce).

DON GIOVANNI

(tenendogli afferrato il braccio destro)
Siente... E pecché te scuoste?...

PEPPE
(palpitante)

Io?... nun me scosto...

DON GIOVANNI

E pecché... te si fatto mpont' 'o scanno?...

PEPPE

Io?... No...

DON GIOVANNI

Fatte cchiù ccà.... (Lo trae pian piano a sè).

PEPPE

Sto ccà... nun mme movo...

DON GIOVANNI

Siente... Mme ngannava... Ndriana... 'a n'anno... E... saie cu chi?...

PEPPE

(al colmo del terrore)
Cu... chi?...

DON GIOVANNI

Mo nn' 'o ssaie cchiù?... (terribile, a denti stretti) St'amico... nun 'o saie?... (fa scorrere il coltello dalla manica nella mano).

PEPPE

(con un fil di voce e tentando d'alzarsi)
Chi?...

DON GIOVANNI

(feroce: ha cavato il coltello)

Chi?!... Chi?... Si' tu! (Lo colpisce. CaDONo. La scranna si rovescia. Lottano a terra. I carcerati si precipitano da' letti).

PEPPE

Ah!... traritore!... aiu...to!... (rantola).

LUIGIELLO

(terrorizzato, impiedi sul suo letto)
Mamma mia!... Nun l'accedite!... Nun l'accedite!...
I carcerati fanno per avanzarsi. DON GIOVANNI si leva col coltello in mano, e li
affronta. PEPPE è rimasto steso a terra. Romore interno di gente che accorre.

DON GIOVANNI

Nisciuno se muvesse! 'A causa è giusta. (indica PEPPE col coltello) St'amico ca vedite
ccà nterra m'aveva offeso ncopp'a l'onore! Mm'è custato se' carrì... (Entrano dalla porta
che si apre in fretta, DON PEPPE e i secondini. LUIGIELLO indica DON
GIOVANNI). Tanto valeva!... (Getta il coltello. È afferrato e trascinato via. Rimangono
dentro nel camerone due secondini che tengono in rispetto i carcerati).

(Gruppo silenzioso e terrorizzato intorno al cadavere. RAFELE si china, lo tocca, si
rialza, allibito).

La voce di Sarcenella, come quando s'è levata la tela, dal camerone lontano, più lenta e
più triste:

A San Francisco
mo sona 'o risveglio,
chi dorme e chi veglia,
chi fa nfamità...

Durante il canto la tela comincia a scendere lentamente. Essa cade sul palcoscenico alle
ultime parole della strofa.

Il gruppo dei carcerati rimane in azione muta.